RÉFLEXIONS

POSTHUMES

sur le grand Procès de JEAN-
JACQUES *, avec* DAVID.

AVERTISSEMENT
DE L'EDITEUR.

C'Est par hazard que cette Lettre nous est tombée entre les mains. Nous l'avons trouvée très-propre à éclaircir le point le plus essentiel, & peut-être le moins connu de la querelle de M. Rousseau avec M. Hume; & dès-là nous nous sommes persuadés que tous ceux qui prennent quelqu'intérêt à cette affaire, la verroient avec plaisir tenir son rang parmi les piéces de ce singulier Procès.

RÉFLEXIONS

RÉFLEXIONS
POSTHUMES

Sur le grand Procès de JEAN-
JACQUES, *avec* DAVID.

Vous me demandez mon avis
fur le *Factum* de David Hume,
contre Jean-Jacques Rousseau. Je
vous dirai naïvement, Madame, ce
que je pense de cette ridicule avan-
ture. Je trouve que cette facétie
littéraire en vaut bien une autre:
le bruit qu'elle fait, l'importance

A iij

qu'on y a mis, tout me femble curieux dans cette affaire ; je crois même que le vrai moyen de connoître un peu les hommes avec qui nous vivons, eft d'approfondir quelquefois les miferes qui les occupent fi férieufement. Permettez-moi feulement de prendre les chofes d'un peu loin ; c'eft fouvent une maniere d'abréger.

Vous fçavez, Madame, que vers le milieu du fiécle on vit éclorre des Philofophes, c'eft-à-dire, une fociété d'écrivains qui avoient coutume de s'appeller ainfi. Vous fçavez encore qu'on les admira parce qu'ils s'admiroient réciproquement.

Las de leur obfcurité, ils tenterent tout pour en fortir. Ils s'en prirent à la raifon, aux loix & aux mœurs. Ils furent promptement célébres, mais leurs fuccès ne furent

pas de longue durée. Cet inſtinct ir-
réſiſtible qui nous montre encore la
vérité, quand nous ne ſommes plus
capables de la ſuivre, parloit à
tous les cœurs ; par-tout on plaida
la cauſe de l'humanité. Heureuſe-
ment ſes triſtes détracteurs n'é-
toient ni amuſans, ni raiſonnables.
Syſtématiques ſans invention, Philoſophes ſans logique, ils vouloient
encore être éloquens en écrivant
contre la vertu. Ils eurent cependant
des diſciples qui embraſſerent leurs
opinions ſans les comprendre. On
les crut ingénieux, parce qu'ils
parurent extraordinaires ; on leur
trouva de la chaleur, parce qu'ils
déclamoient continuellement. Eni-
vrés de ces petits ſuccès, ils firent
des Poëtiques dont on ſe moqua,
des Romans qu'on ne lut point,
des Comédies qui tomberent ; on
en fit une ſur eux qui réuſſit. Le

Parlement leur impofa filence ; la
Sorbonne les flétrit ; la Police les
menaça. Cependant, comme ils fe
vantoient toujours d'être perfécutés,
ils auroient pu vivre encore affez
honorablement, s'il ne fe fût trouvé
un homme tout prêt à fe revêtir
de l'admiration publique ; elle cher-
choit un objet : Rouffeau parut.
Nourri dans cette fecte qui s'en
faifoit honneur , fon efprit trop
ardent en avoit reçu l'amour des
paradoxes , & un orgueil effréné ;
mais il avoit du fentiment, du génie,
une ame élevée , une éloquence
vive & fublime. Il vit que le mo-
ment lui étoit favorable ; il ofa
mettre au jour fes propres penfées.
Il avoit trop d'efprit pour ne pas
fentir que dès que l'on a corrompu
jufqu'à un certain point fes lecteurs,
comme il n'y a plus rien de beau
ni de bon à leur dire , ce n'eft

guéres la peine de leur parler.

Jean-Jacques s'appliqua d'abord à faire aimer la vertu & son maître. Il proscrivit le Fanatique & l'Athée; il joignit quelquefois la profondeur du raisonnement à la hauteur des idées, au charme du style. Les cœurs qui s'étoient flétris & resserrés, se rouvrirent à sa voix. En lisant ses écrits, celui qui n'étoit que sensible, devint souvent plus juste & plus éclairé : celui qui n'étoit que juste acquéroit des lumieres & de la sensibilité. Il y a même quelqu'apparence que cet homme singulier croit une partie de ce qu'il écrit ; car on prétend qu'il ne peut tout croire, parce qu'il se contrarie à chaque instant. Il est vrai, Madame, qu'il dit tout-à-la-fois du bien & du mal de la Religion qu'il professe ; mais peut-être aussi que n'ayant pas assez de courage

A v

pour braver toute la corruption de son siécle, il n'auroit jamais osé défendre la Religion naturelle, sans insulter un peu la Religion révélée. Pour moi je croirois volontiers qu'il ne s'est fait bannir que par respect humain.

Ici commence l'histoire de ce qu'il appelle ses malheurs. Il fit imprimer son Emile.... le Parlement plein de respect pour la Religion, & d'admiration pour les talens de celui qui l'avoit si peu ménagée, le poursuivit en gémissant. Jean-Jacques eut le tems de gagner la Suisse. Les Fanatiques & les Philosophes qu'il avoit décriés, profiterent de l'occasion : la haine mortelle qu'ils lui avoient jurée, ne tarda pas à éclater. Dans des libelles, dans quelques journaux, dans les lieux publics, dans les sociétés particulieres, les Cuistres & les

Athées le déchirérent impitoya-
blement. Il n'est rien, Madame,
que l'on n'ait tenté pour le faire
proscrire par tous les Gouverne-
mens, & lapider par tous les peu-
ples. Vous sçavez que le malheureux Jean-Jacques est vain, em-
porté, inconséquent ; les injures
l'irritent ; il se roidit contre le
malheur ; il se dépite contre la
raison & l'autorité. Il a fait tant
de sotises, que ses affaires ne pou-
vant plus se racommoder, il lui
a fallu quitter la Suisse, pour l'Angleterre : de-là sa liaison & sa
querelle avec M. Hume.

Je vais tâcher à présent de vous
peindre en peu de mots ce célé-
bre Anglois, ses succès en France,
ses admirateurs, ses bonnes fortu-
nes, & sa conduite avec son ex-
travagant protégé.

Vous n'ignorez vraisemblable-
A iv

ment pas que nos Philofophes étoient tombés dans un grand décri, lorf-qu'ils jugerent que David Hume étoit propre à entrer dans leur fecte, & à la relever. Il étoit étranger, flegmatique, hardi dans fes fyftê-mes, & affez fage dans fes ac-tions. Il avoit fait l'Hiftoire de fon pays pour l'Angleterre, & quatre volumes de Philofophie pour la France. Son Hiftoire qui n'avoit pas eu beaucoup de fuccès à Lon-dres, réuffit très-bien à Paris, parmi nos Philofophes & leurs fecta-teurs, à caufe des quatre volumes de Philofophie qui étayoient leurs principes. Ils en parlerent avec en-toufiafme : on l'acheta, on ne la lut guéres, on la loua beaucoup.

M. Hume, qui vint alors en Fran-ce, eut encore plus de fuccès que fes livres ; on lui trouvoit la fu-blimité d'un grand homme, parce qu'il ne difoit que des chofes affez communes, de l'aveu même de fes meilleurs amis. Les femmes ai-moient fa converfation, parce qu'il avoit fait des livres : elles lifoient fes livres, parce qu'il daignoit cau-fer avec elles. On le trouvoit le meilleur & le plus fimple des hom-mes, parce qu'il étoit quelquefois un peu brufque, & un peu lourd, quand il commençoit à s'égayer.

David accorda fes faveurs à quelques jolies femmes, & fa confiance à quelques Philofophes. Dans ces entrefaites, Jean-Jacques, qui venoit d'être lapidé en Suiffe, craignant d'être pendu en paffant par Paris, y refta très-peu de tems. Il y fut accueilli par des perfonnes d'une haute confidéra-tion & d'un rare mérite, qui plai-gnant de bonne foi fes folies & fes malheurs, prierent M. Hume de l'emmener à Londres, & de l'y protéger.

Nous voici enfin, Madame, au fort de la quérelle de Jean Jacques avec David ; mais je penfe qu'après les réflexions que nous venons de faire nous aurions pu la deviner fans voir les piéces du Procès. Je crois même que peu de gens auroient eu envie de les examiner, fi les lettres du Citoyen de Geneve n'avoient donné un peu de cours aux injures que l'on lui dit ; c'eft peut-être lui, Madame, qui fait relire à préfent ceux qu'il a empêchés de l'être pendant plufieurs années. Au refte, on me mande de Londres qu'il parle comme il écrit, ainfi que vous le verrez par ce fragment d'une lettre que je viens de recevoir.

;; *Monfieur Hume*, dit le pauvre

Jean-Jacques (à qui la tête a un peu tourné) *est ami intime de mes en-*
» *nemis les plus mortels. Pendant le*
» *séjour qu'il a fait à Paris , il ne les*
» *a presque pas quittés .... Cet homme*
» *doit mépriser mes principes &*
» *même les haïr ; son esprit froid*
» *& dur ne peut aimer ni ma Julie*
» *ni mon Emile.... Ma personne lui*
» *aura paru singuliere & mon or-*
« *gueil peu commun .... Il m'en veut de*
» *plus loin .... En décriant le livre de*
» *l'Esprit & tous les ouvrages de cette*
» *nature, je n'ai pas fait de bien à*
» *ses Essais Philosophiques, je lui ai*
» *été recommandé publiquement par*
» *des personnes qu'il considere , &*
» *secretement par mes ennemies* « (a).

(a) Rousseau dit encore journellement comme dans sa Lettre , qu'en arrivant à Londres
avec David , il avoit lieu de croire qu'on l'y
traiteroit du moins avec humanité ; qu'on l'a
caressé dans sa route , & qu'il s'est trouvé dés-
honoré en mettant pied à terre. Il demande

Voilà, Madame, comme Jean Jacque raisonne en Angleterre , & l'on commence à raisonner à peu-près de même à Paris. Je vous fais grace d'une foule de probabilités plus détaillées & plus précises. Il tire aussi quelques inductions si étranges , qu'il ne m'en faudroit pas davantage pour croire à sa douleur & à sa bonne foi. Il se plaint , par exemple , très-sérieusement comme dans son Mémoire , de ce que

comment il peut avoir perdu si promptement la considération qu'il ne devoit sans doute qu'à ses ouvrages ; il observe qu'il n'a point écrit depuis qu'il est sous la sauve-garde de M. Hume ; il dit qu'il avoit avant de partir du pain & de la gloire, qu'il vouloit être honoré sans être riche, qu'il n'a reçu en Angleterre que des aumônes & des libelles ; que les amis de M. Hume sont les auteurs de toutes ces méchancetés , & s'en vantent journellement.

La Lettre en question est beaucoup plus longue ; mais vous y trouverez des détails qui sont dans le Mémoire , & d'autres qui pourroient vous ennuyer.

M. Hume le menaçoit quelquefois dans ſes rêves, & ne le regardoit pas le jour aſſez tendrement.

Quoiqu'il en ſoit, vous ſçavez que ſes ennemis l'accuſent ici hautement de la plus noire ingratitude, & que ſes amis accuſent M. Hume de perfidie & de fauſſeté. Les autres ne prononcent point encore ſur les prétendus crimes de David, de peur de ſe compromettre. Quant à moi qui les crois un peu exagérés, je penſe ſeulement que nos deux Philoſophes ne ſe ſont jamais beaucoup eſtimés : mais de quoi je ſuis bien plus ſûr encore, c'eſt que les reproches que l'on fait à Jean-Jacques ſont atroces & ſtupides. Eh ! Comment oſe-t-on accuſer d'ingratitude & de noirceur un malheureux qui écrit à ſon Protecteur qui le protége malgré lui, une Lettre de quarante pages, pour lui prouver qu'il eſt un monſtre ? Peut-on rien imaginer de plus ridicule que cette charmante Lettre, & toutefois de plus touchant & de plus naturel ? N'eſt-il pas viſible que l'ame du pauvre Rouſſeau étoit alors remplie d'affliction, de folie & de fureur ? N'eſt-il pas clair qu'il n'eſt point ingrat, s'il a bien jugé le Philoſophe ? S'il ſe trompe, c'eſt tout-au-plus un fou & non pas un méchant. Mais je voudrois bien ſçavoir quel mal cette Lettre tant reprochée pouvoit faire à M. Hume. Coupable ou innocent, ne devoit-il pas en rire & la brûler. S'il craignoit que ſon déſaſtreux protégé fît quelque jour un Livre contre lui, pourquoi n'avoir pas attendu que ce Livre fût imprimé ? Un Philoſophe eſt, ce ſemble, plus tranquille ; un bon homme eſt plus indulgent.

P. SC. J'oubliois de vous dire, que l'on a sans doute pouffé M. Hume à cette ridicule plaidoirie; je suis perfuadé qu'il n'auroit point pris les chofes auffi gravement que les illuftres amis qui ont fait imprimer fon Mémoire. En effet, qu'importoit à l'Hiftorien de la Maifon de Tudor, que l'on crût à Paris pendant quelques jours, qu'il s'étoit moqué d'un Suiffe en Angleterre? Un homme fi fage, fi bon & fi confidérable (*a*) devoit-il s'acharner après un malheureux, pauvre, infirme & profcrit, qui n'a que fon orgueil & fa renommée? C'étoit bien la peine de faire un Mémoire fi férieux, d'y joindre une préface fi trifte, & de couronner l'œuvre par la Lettre d'un Mathé-

____

(*a*) Je parle ici d'après les Editeurs.

maticien qui *plaint Jean-Jacques de
ne point croire à la vertu de M. Hume:*

Je fuis encore un peu étonné
que ce Mathématicien, dont les
vertus ont au moins l'éclat de celles
qu'il vient de célébrer, fe foit per-
mis cet ingénieux farcafme. Car enfin pourquoi fe juftifier de la plai-
fante Lettre de M. de Walpole,
qu'on ne lui eut jamais imputée?

Vous voyez, Madame, que l'on a
été un peu vîte : ceux qui vous ont
parlé de notre ami Jean-Jacques
étoient, felon toute apparence, pré-
venus par les clameurs de quelques
fociétés. Mais ne trouvez-vous pas
cet acharnement incompréhenfible?
On diroit, en vérité, qu'on ne
cherche à faire paffer ce pauvre
homme pour un monftre, qu'afin
qu'on ne le croie plus quand il
nous parlera d'honneur & de pro-
bité... Je m'arrête, de peur d'en

trop dire. Je vous demande même pardon de cette réflexion mélan-colique......Je me trompe peut-être, & je le ſouhaite ; car il ſe-roit fâcheux que j'euſſe bien ren-contré. Adieu, Madame, je vous enverrai, ſans y joindre mes remar-ques, tous les Mémoires qui pour-ront ſurvenir. Je ne crois point cette affaire finie : elle eſt, ce me ſemble, trop ridicule & trop pué-rile pour ne pas durer.

J'ai l'honneur d'être &c.

www.ingramcontent.com/pod-product-compliance
Lightning Source LLC
LaVergne TN
LVHW010051060726
842524LV00006B/2129